Los mejores placeres
suelen ser verdes

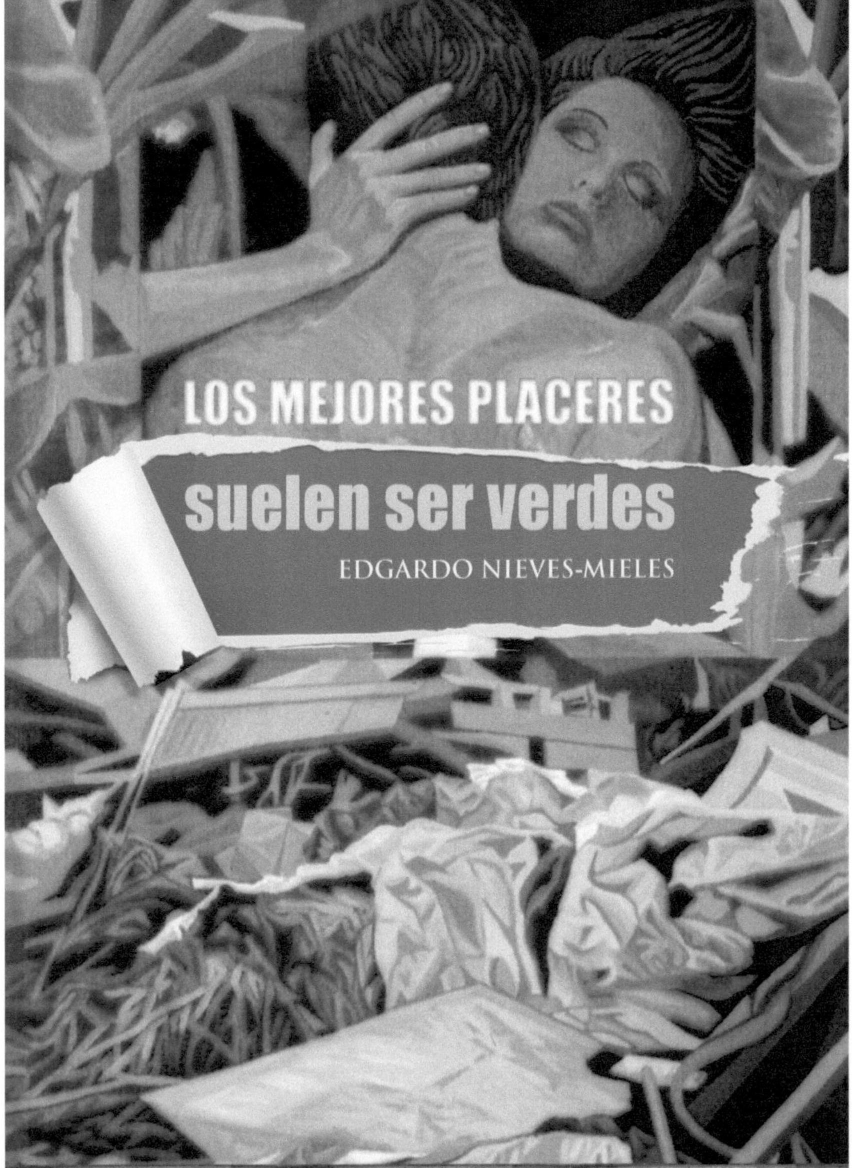
LOS MEJORES PLACERES
suelen ser verdes
EDGARDO NIEVES-MIELES
medialsla
editores, ltd

Edgardo Nieves-Mieles

LOS MEJORES PLACERES SUELEN SER VERDES

(Texto para ser leído frente a una pieza de Egon Schiele)

MEDIAISLA
Las edades de Alicia
Kingwood, TX 2013

Colección ***Las edades de Alicia No. 6***

http://mediaisla.net

Primera Edición: junio de 2013

ISBN: 978-1-304-60464-4

Publicado por: ***mediaisla editores, ltd/lulu.com***
Correo electrónico mediaisla@gmail.com

Portada: Manipulación digital de una imagen del Tríptico
Aquella noche que pasé contigo, de Carlos Marcial
Diseño de portada: ALBERTO LÓPEZ-COLÍN
Cuidado de edición: HERMINIA ALEMAÑY-VALDEZ
Foto del autor: CARLOS H. CAJIJAS-MATÍAS
Concepto y diseño de interior: MEDIAISLA EDITORES, LTD

a los amigos del D. F. (chilangos y no tan chilangos),
que me dan siempre su mano franca: Laura, Miguel, Evo,
Luis el Tisca, Fede, Víctor, Raúl, Rebeca, Juan, Beto, Manolo;
a los chiapanecos: Hugo, Máruch, César, Rox, Gus, Yesi,
Rodolfo, Gabi, Leti, Toño, Pepe, Floro; y también
a los chihuahuenses Carmen, Toño, Tomás, Adalberto,
Elvira, Raquel; a las respectivas parejas de todos ellos;
a la hermandad compuesta por aquel trío de universitarios
soñadores que aspirábamos a convertirnos en los próximos
Cortázar, García Márquez y Onetti de nuestra narrativa;
al exquisito maestrazgo de Manuel de la Puebla y Jesús Tomé,
generoso e inquebrantable entusiasta como el que más, el
primero; librero forjador de lectores avezados, el otro; a F. R.
Velázquez, por aquellas deliciosas crónicas policiales
hilvanadas en el desaparecido diario *El Mundo*; a Cabeza
de Zanahoria, because she gave me an education
on the wet side of life:
para, de todos modos, faxearles
un ramo de frescas rosas amarillas

Imperturbable, su perfil se recortaba en la penumbra del cuarto. Apenas la distinguía entre el humo del cigarrillo y el sudor espeso que emanaba de los cuerpos, la miraba lejana como a una diosa y recordé de golpe aquel pasaje de la mitología griega donde Tiresias vio a la diosa Minerva cuando se bañaba en el río y llegó a vislumbrar su sexo; por eso la diosa lo cegó de inmediato (...)

Raúl Pérez Torres

debo creer, sin vacilar un punto,
que murió con mi nombre en las pupilas

Nicanor Parra

Si no hay audacia, experimentación, si no hay maroma sin redes, si no hay riesgo, ¿para qué escribir?

Luis Rafael Sánchez

Los mejores placeres suelen ser verdes

1

Lenta y fresca, la sangre.

2

Yo no soy Dios. Lo sé. Pero la impunidad de mis crímenes me hace sentir como si lo fuese.

3

Entre franjas de perfume y rodajas de cordura, apenas alcanzo a distinguir a ese ángel en bicicleta que me llena las manos de caramelos y me lanza a los ojos una nube de confeti para de inmediato preguntarme: "¿Tienes algún sueño que quieras vender?"

4

Te asalta su obscena belleza de animal inocente. Te arrastra con más fuerza que las corrientes del Canal de la Mona.

5

Al entrar vio que en medio de la sala del apartamento había un piano negro de cola cubierto por un mantón de Manila. Un piano para un cuento de Felisberto Hernández.

6

El eco del grito en el fondo del estanque.

7

Mientras descendía lamiéndole la pelusa leve y suave de su vientre bajo, recordó la piel de las exóticas y jugosas frutas que apenas antier había traído del supermercado y que se les nombra de igual modo que a ese pájaro que no vuela. También recordó el álbum en el cual el ingenioso protagonista de *Turkish Delight* coleccionaba una abundante porción de vellos púbicos, debidamente identificados con los respectivos nombres de cada una de sus no pocas conquistas amorosas. Sí, cerró los ojos y en la pantalla de su cerebro se desplegó vivamente la imagen de un joven Rutger Hauer que, tijeras en mano, se aprestaba a ejecutar su divertida tarea.

8

—No me explico cómo puede haber gente así.

—Es más, yo tengo una amiga, Graciela, que los detesta y se deshace de ellos con sal.

—¡Pobres animalitos!

9

Abro el grifo del agua caliente y veo cómo mi cara empieza a borrarse entre algodonosas nubes, en una espesa dejadez que casi acaba por llenarme los ojos de hormigas.

10

Allí, en la amplia sala de su apartamento, junto al piano negro, entre fotos en su mayoría de escritores, cuadros, plantas, ceniceros y cojines desperdigados por el sofá, lee el libro recién comprado.

11

Poco antes de reventar la yugular del aguacero.

12

Me levanté tarde. Me senté frente a la humeante taza de café y acaricié las letras azules de la cubierta.

14-1

Entre todas las fotos y cuadros, sobre su cabeza se destaca la presencia del agresivo aviso que sólo pudo ser concebido por un discípulo de Séneca: HAZ CON TU TIEMPO LO QUE QUIERAS, PERO NO MALGASTES EL MÍO.

14

Donde tiembla y gotea el color.

15

—Yo tengo el remedio para que no te hagan llorar más.

—¿Cómo rayos?

—Sólo colócalas en el congelador 10 ó 15 minutos antes de rebanarlas.

—Ya veo que eres una mujer única.

—Si tú lo dices...

16

Con el meñique separado de la copa, bebe despacio.

17

Olvidar el deber me sabe a melocotones en almíbar.

18

Luego de observar mi privado jardín de las delicias, comentó algo sobre su colección de mariposas, la metodología para disecarlas, los alfileres y el panel de terciopelo.

19

Un flagrante y espeso olor a mangó se extiende por todo el cuarto. Como una ola gigantesca avanza por los pasillos. Sube y baja escaleras sin desperdiciar un sólo segundo, una sola pulgada, hasta acuartelarse en el edificio.

20

Desde allí veía a los pájaros haciéndose el amor sin que les importara nada que los estuviera viendo, y los envidiaba.

21

—Mi hijo, al igual que Harrison Ford, tiene una cicatriz en la barbilla.

—Vaya, qué afortunado.

—Lo llevé a ver *Aliens 3*... ¿Sabes lo que me comentó a la salida?

—¿Qué?

—"Qué bueno que mataron al mostro ese paque deje de andar mordiendo a la gente"... Y cuando finalmente vio *Predator*, dijo: "Papi, la sangre dese mostro es el mismo líquido verde que tú le echas al carro paque no se caliente".

—¡Sí que es despierto el muchachito! ¿Ya viste la 2?

—Una total decepción. Creo que la única escena que vale la pena es aquella graciosísima en la que la anciana en rolos escucha ruidos en el baño de su casa y al ver que su esposo Herb no responde a su llamado, se arma de una escoba y, con más miedo que vergüenza, acude a enfrentar lo inesperado. En su veloz huida, el depredador intergaláctico cruza frente a ella. De inmediato, Danny Glover también pasa por su lado en persecución de la criatura y le dice que él es policía. A lo que ella, más rápido que volando, le responde: "No creo que a él le importe".

—Simón dice que nunca fueron buenas segundas partes.

—Volviendo a *Aliens*, ¿qué harán ahora que la teniente Ripley se dió de baja? Ella era la gallinita de los huevos de oro.

—Si te fijas bien, la mayor parte de las películas de ese género se limitan a explorar la relación 'humano se encuentra con extraterrestre'. Pero, ¿qué tal si enfrentaran al descuartizador de *Predator* con el dragón de *Aliens*?

—Tendríamos el consabido choque de trenes. Algo así como Mike Tyson contra Muhammad Ali.

—En una semana rompería las marcas de asistencia.

22

La limpia luz de la habitación lame sus pezones morados como uvas; dora su peludo triángulo de mostaza.

23

—Veo que tienes un gusto exquisito por

—...y también por las mujeres hermosas.

—Tu apartamento es casi un museo: Homar, Rosado del Valle, Arana, Tufiño, Irizarry, Moreira, Herrero, Ordóñez, Ruiz, Nicholson, Collazo, Dieppa, Juan R. Velázquez, Carlos Marcial, D. M. Rivera, Rafi Trelles, Stanley Coll, Gerardo Torres, Rivera García, Ricart, Severino, Saavedra, Carmona, Varo, Maya, Klimt, Balthus, Schiele, Magritte, Ernst, Dalí... ¿Son todos genuinos?

—Casi todos.

—Entonces, los otros son excelentes reproducciones.

—Así es.

24

Un incendio de colores salpicando el breve estremecimiento.

25

Volvió a abrirlo fascinado por la intriga.

26

Luego de pasar su índice alrededor del ícono de Albizu, del pitirre sobre su hombro izquierdo y por el bulto con garras que yace tras aquel, ella comenta:

—Todo el mundo se pregunta acerca de la carga de llevar mi apellido. ¿Acaso es una ventaja ser hija de mi padre?

—Eso depende... Podría ser una navaja de dos filos. No en vano Malcolm Lowry dice que el éxito es algo así como un desastre horrible peor que tu casa en llamas.

—El único problema es que nunca tendré completamente la impresión de que mis logros se deban enteramente a mis méritos. Pero he hecho todo lo posible para triunfar por mi talento: fui a la universidad, estudié y luché duramente por saber que era yo y no mi apellido la razón de mi éxito... Hey, pssst, ¿sigues ahí?

—Claro. Pero si te empeñas en vivir en el pasado, no tendrás hoy ni mañana.

—Es cierto... ¡Oye, no me digas que éste es Samuel Beckett disfrazado de Pucho "20-20" Fernández!

—Qué ocurrencias tienes.

—Pero míralo bien. ¡Son dos gotas de agua!

—Casi.

—Y este rostro alargado y de ojos melancólicos no puede ser otro que el de Virginia Woolf.

—Unjú.

—Y ésta, Clarice Lispector.

—En efecto.

—La brasileña nacida en Ucrania.

—A mí me encantan sus relatos, extraños y llenos de poesía.

—¿De veras?

—¿Algo malo en ello?

—No, nada. Sólo fue un decir... Desde la primera vez que vi una foto suya, siempre se me ha parecido a Ángela Meyer.

—Tienes razón. No me había percatado del gran parecido entre ambas.

—Cada vez que veo ese rostro ligeramente oriental, sus altos pómulos, una enigmática desazón se apodera de mí.

—No te culpo.

—Esa foto me transmite un terrible sentimiento de orfandad que antes sólo sentí frente a ciertos cuadros de De Chirico... Al igual que la pintura de él, sus relatos muchas veces son paisajes desolados, pero llenos de presencias invisibles y opresivas.

—No es gratuita tu percepción: en la sala de su casa, ella siempre tuvo un retrato suyo pintado por él.

27

Cambió de postura, colocándose de lado y cruzando las largas y esbeltas piernas.

28

Mi memoria es una trampa inoxidable; mi corazón, un cacto.

29

La noche anterior me dijo todo lo que Sharon Stone le pudo haber dicho a Octavio Paz; todo aquello que hubiera podido decirle Carlitos Gardel a Georgie Borges; todo aquello que también pudieron decirse Vallejo y Girondo en la cubierta de un barco que hendía las aguas rumbo a Europa; todo aquello que pudieron conversar Conrad y Rimbaud, mientras

Marx contemplaba el lento vuelo de un alcatraz que frente a ellos cruzaba hacia la bahía; todo lo que pudo haberle comentado Aleister Crowley a Fernando Pessoa cuando, acompañado por la maga alemana Miss Jaeger, viajó a Portugal para conocerlo personalmente; todo lo que, desnuda y con los ojos cerrados, casi flotando, pudo susurrarle Tina Modotti a Edward Weston mientras él se aprestaba a fotografiarla en una azotea en Ciudad de México; todo aquello que, en la tibia penumbra de un rincón del *dugout* hubieran podido conversar Joshua Gibson y Joe DiMaggio; todo aquello que, a la luz del eterno vaso de licor y a la sombra de las volutas de humo del también eterno cigarrillo, hubieran podido decirse entre sí los dos sordomudos por antonomasia: Rulfo y Onetti; todo lo que en una pantagruélica y amena sobremesa hubieran podido decirse esos dos monstruosos estómagos con ojos, manos, boca y talento de sobra: el Buda asmático, Lezama Lima y Neruda; todo aquello que Carlos Fuentes hubiera podido decirle, no sólo a Shirley McLaine, sino a la rejuvenecida Jane Fonda. Es más, me dijo todo aquello que en una lluviosa tarde de verano hubiera podido decirle Marcello Mastroianni a Marilyn Monroe tras un duro día de filmación con Luchino Visconti (Vittorio Storaro/fotografía & Ennio Morricone/música).

Por cierto, yo ignoraba (ella no) que la suegra de Verlaine fuera maestra de música y que entre sus alumnos se encontraba Claudio Debussy. Y que, a su vez, la madre de éste, fuera maestra de Rimbaud. Que el padre de Rimbaud hubiese traducido y comentado *El Corán*. Que el de Conrad fuera traductor de autores ingleses, entre éstos, Shakespeare. Que Santos Chocano fuera bufón a sueldo en fiestas de ocasión del cruel tirano guatemalteco Manuel Estrada Cabrera. Que el padre de Octavio Paz, también llamado así, trabajó como escribano y abogado para Emiliano Zapata. Que Stephen Crane fue el mejor cronista de la guerra de Cuba y de la ocupación militar de Puerto Rico en 1898. Que César Vallejo hubiera traducido hermosamente al inglés un puñado de poemas de García Lorca. Que Mark Twain fuera juez de valla en riñas de gallos. Que Paul Bowles, el eterno pies de viento, escribió una pieza musical, "Guayanilla", tras una breve estadía suya en Barranquitas en 1933. También que el segundo apellido de Onetti era curiosamente Borges y que la madre de Camus fuese española.

30

La tarde es como una canción de Manzanero que resbala por las tejas.

31

—No sé qué tú pienses, pero… mirando mejor un par de las reproducciones, los dedos largos y huesudos de las figuras pintadas por Guayasamín tienen mucho del estilo de Schiele.

—Exacto… Si no lo viese igual que tú, ¿qué otra razón podría tener el hecho de que las colocase frente a frente?

—Ya veo… El diálogo, la complicidad.

32

Una de las paredes del cuarto estaba cubierta de fotos prendidas con alfileres. Todas de mujeres hermosas y de ojos verdes.

33

Comentó haber salido satisfecha de la 'maravillosa caverna' luego de ver un doble programa: *Backdraft* & *Flatliners*. Claro, no perdí oportunidad y comenté que como Joe (William Baldwin) no había expiado sus faltas, deberían filmar *Flatliners 2*.

34

Y ahora que acabas de abrir la puerta de caoba que resguarda tu sagrado aposento, que tienes de frente a esa bellísima mujer vestida de verde, y que recién terminas de oficiar tu galante y protocolaria ceremonia del saludo, descubres que entre ella y tú se interpone una hoja de yagrumo. Ella se apresura a recogerla. También tú. Ambos permanecen inclinados por varios segundos. Sin apartar la vista el uno del otro. Mirándose. Entonces, ella se incorpora. Observa la hoja por ambos lados y dice:

—Es curioso...

—¿Qué?

—Cómo la naturaleza nos confirma que la realidad puede tener más de una cara.

Te pones de pie, pero antes, le arrancas distraídamente una hoja a esa plantita de tomate. La estrujas entre tus dedos índice y pulgar de la mano derecha.

Aspiras la breve pero contagiosa alegría de su fragancia y respondes:

—Y la gente también... Ya conoces el refrán, ¿no?

Ella parece no escucharte. Permanece como subyugada por los ecos de una música religiosa y lejana, tal vez escuchada en su niñez. Acaricia el dorso plateado de la hoja seca y observa los fragmentos del finísimo polvo impregnados en los dedos de su guante. Los frota. Su rostro adquiere una expresión de éxtasis beatífico. Sus ojos te hacen pensar en las plumas del pavorreal. (Sí, ésas en las que por siempre palpitan los hermosos e inolvidables ojos de Argos.) Entonces, te apresuras a decir:

—Lo que a mí sí me extraña es cómo esa hoja llegó hasta aquí. Yo conozco todo este lugar al dedillo y aquí no hay ni un solo yagrumo.

—¿Ni siquiera uno?

—El yagrumo es un árbol más común en la zona montañosa y húmeda... Pero ven, más vale que entremos. Pronto comenzará a llover.

—Sí, vamos.

35

A su vez, ella desconocía que el segundo nombre de Cortázar era Florencio; que Marcel Proust había sido la oveja descarriada de una familia dedicada a la medicina; que Dostoievski sufría de epilepsia; que Ezra Pound fuera boxeador y que centró sus estudios de posgrado en la obra dramática de Lope de Vega; que Sherwood Anderson formó parte de los voluntarios que se enlistaron para defender a Cuba de los españoles en lo que dieron en llamar la Guerra Hispanoamericana; que Trujillo, quien apenas frecuentó los primeros cursos de la escuela primaria, compró, mediante sobornos, un *doctor honoris causa* por la Universidad de Pittsburgh; que García Lorca y Crane coincidieron una vez en un bar en NY, pero ambos estaban demasiado ocupados con el marino que tenían al lado para fijarse en el otro; que los conocimientos criptográficos de Rodolfo Walsh lo llevaron a descifrar los mensajes secretos preparatorios para la invasión de Bahía de los Cochinos instrumentada por la CIA en 1961; que estando en la academia militar de West Point, Poe siguió al pie de la letra las instrucciones de vestimenta para un desfile que exigían asistir con "con armas, cinturón y guantes blancos", él acudió al desfile desnudo, vistiendo nada más que cinturón y guantes blancos: fue expulsado por impúdico; que Sylvia Plath vivió en una casa en la que antes lo había hecho William Butler Yeats y Borges en el mismo hotel parisino en el cual murió Oscar Wilde; que el padre de Cernuda, al igual que la madre de William Carlos Williams, ambos fuesen puertorriqueños.

36

Palpa sus firmes nalgas. Le saca la blusa para dejar al descubierto sus exuberantes pechos. Siente sus pezones quemándole las yemas de los dedos.

37

—Es una película difícil de digerir.

—Sí, pero fascinante. Sobre todo, la secuencia en que Sailor y Lula se detienen junto a la carretera cuando encuentran a la sobreviviente de un aparatoso accidente. Ella, ajena a la sangre que le baña el rostro, busca, desesperada, algo entre la maleza. Está desangrándose, pero no lo nota o no le importa. Sólo piensa en la prenda perdida. Finalmente, muere en los brazos de Nicolas Cage/Sailor. Y todo el tiempo se mantuvo repitiendo obsesivamente que si no la encontraba, su madre la mataría.

—Ah, pero no olvidemos la escena en que la malvada y desquiciada madre de Lula habla por teléfono con su amante: una espesa capa de pintalabios rojo rojísimo le cubre el rostro.

—Deliciosa.

—¿Y qué me dices de la secuencia del asalto, cuando un perro huye del lugar llevándose la mano del guardián herido durante el tiroteo?

—Mmmmm... Todo un banquete para los sentidos muy a lo David Lynch.

38

Acariciando el lomo y las tapas del libro, descartó un manojo de posibilidades.

39

Dos hormigas que caminaban en dirección contraria (una subía, la otra bajaba), tropiezan; se frotan las antenas y retoman sus respectivos rumbos.

40

Ella confesó detestar africanamente a Barbra Streisand y a Cher; yo, a O. J. Simpson y a Elizabeth Taylor. Seguimos con nuestros alimañarios personales: ella, a Oprah Winfrey y a Sylvester Stallone (aquí intercalé mi "todo Silvestre tiene su Piolín"); yo, a Roseanne Barr y al pobre diablo de Dennis Rodman. Claro, todo esto sin contar con esas anacrónicas y frívolas figuras de la realeza europea que son noticia hasta cuando les da el más mínimo resfriado. (Ese asunto, al igual que las risas enlatadas de la televisión que nos avisan cuando debemos reír, me parece una falta de respeto a la inteligencia humana.) Después, propusimos protagonistas para encarnar una nueva versión de la legendaria *Casablanca.* Ella propuso la pareja compuesta por Charlize Theron & Tom Cruise; yo, la de Uma Thurman & Ben Affleck... ¿Y por qué no la de Reese Witherspoon & Leonardo DiCaprio? ¡No, mejor la de Scarlet Johannson & Christian Bale!

41

Es como si ese personaje literario estuviera acostado cómodamente en la alfombra de una acogedora sala de espera, aguardando por él.

42

Preguntó por qué en la casa de toda feminista furibunda hay siempre un horrendo autorretrato de la martirizada Frida Kahlo presidiendo el altar mayor; por qué gritan tanto en ciertas iglesias, ¿acaso es sordo su dios? Manifestó también rencor contra ese cristianismo inmóvil, hipócrita y vacío de contenido, para quien toda forma del goce es perniciosamente asociada al pecado y la culpa; que toda religión debe ser amable, no opresiva. (En esta parte acudió a mi lengua una de las páginas más memorables de nuestra literatura: "En el reino de los Cielos no hay grandeza que conquistar, puesto que allá todo es jerarquía establecida, incógnita despejada, existir sin término, imposibilidad de sacrificio, reposo o deleite. Por ello, agobiado de penas y tareas, hermoso dentro de su miseria, capaz de amar en medio de plagas, el hombre sólo puede hallar su grandeza, su máxima medida en el Reino de este Mundo". De más está decir que inmediatamente ella interrumpió mi 'discurso' para aclararme: "Muy bien. Sólo que omitiste la 1ra. parte y bien podría pensarse que don Alejo no era muy cristiano que digamos. Así que, hagámosle justicia. 'El hombre nunca sabe para quién padece y espera. Padece y espera y trabaja para gentes que nunca conocerá, y que a su vez padecerán y esperarán y trabajarán para otros que tampoco serán felices, pues el hombre ansía siempre una felicidad situada más allá de la porción que le es otorgada. Pero la grandeza del hombre está precisamente en querer mejorar lo que es. En imponerse tareas...' Y aquí es cuando sigue la parte que tú señalas..."). También dijo que a requerimientos de un periodista, Hemingway aseguraba que entre sus contemporáneos, Faulkner era el mejor, siempre y cuando él, Ernesto H, pudiera vigilarlo, quitarle la botella y mandarlo a dormir: "That's enough, Will Faulkner". Añadió, además, que Dylan Thomas murió de una hemorragia cerebral después de tomarse 18 whiskies sin parar, que Carlos Marx se pasó la mayor parte de su vida en la biblioteca del Museo de Londres y que Bolívar murió a los 46 años, desengañado bajo la sombra de un tamarindo.

43

El guardarropa hierve inundado de mariposas.

44

—¿Sabías que su verdadero apellido no era Faulkner?

—Sí. Él le añadió la U para distinguirse de su notorio bisabuelo, el coronel William Cuthbert Falkner.

—Al igual que él, nuestro José Luis Vivas Maldonado trabajó de fogonero y de empleado postal.

—¡Qué coincidencia!

—Cuando en 1950 le anunciaron que había ganado el Premio Nobel de Literatura, él se encontraba abonando la tierra que compró con el dinero que le pagaron en Hollywood por adaptar al cine una de sus obras.

—Desconocía ese detalle.

—¿Has visto alguna vez la letra de Faulkner? Tenía una letra hermosísima.

—Porque no has visto la de Nerval o la de Rilke.

—¿Qué?

—Así mismo. Ellos también tenían linda caligrafía.

—Regresando a Faulkner: fíjate si era bravo de verdá, que hasta rechazó una invitación para cenar con dos perfectos desconocidos. ¿Qué podría importarle al viejo Will Faulkner que lo invitara a comer un fulano llamado John Fitzgerald Kennedy?

—De un tipo que en su luna de miel le impone a su esposa la obligación de leer 2 veces el *Ulises* de Joyce, puede esperarse cualquier cosa, querido.

—¿El *Ulises*? ¿Dos veces?

—Así como lo oyes. Dos veces.

—¡Qué bárbaro!

45

Se quitó la ropa. La colocó meticulosamente en la canasta de la ropa sucia y miró su cara en el espejo que estaba colocado sobre el lavabo. Columpiándose en el amor por sí mismo y entre las pequeñas salpicaduras de pasta dentífrica que hay sobre el espejo, repasó sus rasgos (la quijada particularmente), hizo una mueca de aceptación y admiró su propia desnudez.

46

Paladeando el secreto vino de las palabras.

47

—Es una pequeña joya.

—Coincido contigo.

—Su director, Ridley Scott, es, junto a Almodóvar, mi preferido.

—Yo tengo varios: Bertolucci, Spielberg, Subiela, Oliver Stone... A propósito de Almodóvar, ¿viste *Matador*?

—No estoy segura.

—Tienes que verla. A mi juicio, es superior a la tan llevada y traída *Basic Instinct*.

—La que acabo de ver y me encantó fue *El lado oscuro del corazón*.

—A mí también.

—Volviendo a la película de Scott, ¿qué tú hubieses decidido en una situación similar?

—¿Yo? Por nada del mundo desearía estar en los zapatos de Tom Berenguer ni un solo segundo.

—Pero Mimi Rogers no es tan fácil de descartar.

—Por eso mismo. Clair/Mimi es una mujer sensible, inteligente, femenina, con buen sentido del humor y además, bellísima.

—¿Olvidas que Clair también es rica?

—De ningún modo. ¿A quién le amargaría un dulce como ése?

—Lo cierto es que, a fin de cuentas, Tom se queda con su esposa.

—Sí, pero todo porque Clair/Mimi le facilita la elección. Al ella marcharse, la única opción que le queda es ésa: su esposa.

—Qué dilema, ¿no?

—Ajá... ¿Quieres otra copa?

48

Su rostro es una máscara impenetrable.

49

Luego hablamos de nuestras series de televisión favoritas. Obviamente, salieron a relucir: *Misión imposible*, *Mi bella genio*, *El túnel del tiempo*, *Me casé con una bruja*, *Los invasores*, *Perdidos en el espacio*, *Bonanza*, *Un paso al más allá*, *El Superagente 86*, *Viaje al fondo del mar*, *Kung-Fu*, *El fugitivo*, *Sea Hunt*, *El hombre del rifle*, *Las calles de San Francisco*, *Astroboy*, *Hawaii 5-0*, *La pantera rosa*, *Ironside*, *El gato Félix*, *Houston Knights*, *Mr. Magoo*, *Silk Stalkings*, *Wild Wild West*, *Los superhéroes de Marvel*, *Forever Knight*, *Johnny Quest*, *Misterios sin resolver*, *El oso Yogi*, *Murder She Wrote*, *El monstruo Milton*, *Marine Boy*, *Time Trax* y hasta el enternecedor *Alf*. ¡Aaahh, qué tiempos aquellos!

50

—El rojo y el verde, los colores por los cuales, según Van Gogh, se podría cometer un crimen. Especialmente el verde.

—Bueno... ¿y por qué no el amarillo o el azul?

51

Le leí el más hermoso elogio que hombre alguno haya jamás escrito acerca de su compañera. Le leí las palabras de Raymond Chandler recordando a Cissi, su difunta esposa, quien había sido 18 años mayor que él. Ella me respondió con la carta de despedida dejada por Virginia Woolf a su esposo.

52

Un disparo certero, como un chorro de champán cuando se acaba de descorchar la botella, arroja esa viscosidad que bulle en el interior de su más ardorosa glándula.

53

Y cuando le besó en el cuello, le mordió larga y cruelmente la mejilla.

54

—Oye, ¿no has notado el gran parecido entre Rafael Cepeda y Danny Glover? Si alguien decidiera hacer una película para honrar la memoria del patriarca de la bomba y la plena, definitivamente tendría que considerar a Glover como

—Lo que sí he notado es tu fijación con ese asunto de los dobles.

—Así es... Ahí en esa pared tienes el mejor ejemplo: quítale el bigote a Poe y verás cuánto se parecen él y Baudelaire.

—¿Y qué tal el parecido que de repente se me antoja entre ese despeinado Juan José Arreola y Harpo Marx o el de Manuel "Míralo, yo lo conozco, va a tirar... ¡apúntenlo!" Rivera Morales y José Luis González? Pero si tu bendita fijación es sólo con el cine, ahí tienes a Anthony Hopkins/Jack Lemmon, a Leonardo DiCaprio/Arthur Rimbaud, a Franz Kafka/Erik Morales y hasta a Gary Oldman que se parece un montón a Lee Harvey Oswald. Y mejor aún, Meryl Streep tiene los rasgos idóneos para encarnar a nuestra admirada Virginia Woolf... ¿Y qué tal John Travolta: no te parece que tiene el rostro anguloso y la sonrisa perfecta para encarnar al Guasón en *Batman 7*? Aunque, si te sirve de consuelo: yo tengo una gran amiga, Awilda Santos, que es el vivísimo retrato de Susan Sarandon... Mejor dicho, Susan Sarandon parece ser el doble de Awilda Santos, pues la última vez que vi a mi amiga, ella lucía mucho más regia que Susan.

—Sí, claro. Y Elvis Pelvis estuvo ayer en casa jugando brisca conmigo hasta medianoche.

55

La aguja devora los surcos del vinilo.

56

Comenté que no me agradaba la idea de tener que matarlas, que siempre las he admirado muchísimo (a ellas y a las abejas) porque me parecen los seres más trabajadores de toda la creación... De seguro

Marx y Engels estuvieron estudiándolas durante años antes de divulgar sus revolucionarios postulados.

57

Al confirmar que este astuto camaleón le estaba robando su identidad en la forma más siniestra, sintió un vuelco en el corazón.

58

El deseo los imanta con su escándalo de miel.

59

Poco antes de abordar el avión, se desconectó de su universo inmediato. Recordó que en su viaje anterior, junto a ella viajaba un hombrecito de humildísimo aspecto que en el regazo cargaba, con bastante recelo, su único equipaje: un bulto por el cual parecía asomar sus lustrosas hojas una pequeña mata de plátano. De repente, el hilo del globo se partió y descubrió que bajo sus zapatos verdes de taco alto, otra vez palpitaba la realidad. Inmediatamente, preguntó por el color de los ojos del piloto.

60

Una biliosa nube invade el lugar sombrío y nada fresco. De su semen nace la cabellera del crepúsculo temblando en el fondo del bosque; la voz de los muertos familiares, allá en aquel lugar fuera del tiempo; nace un músico chupando la trompeta como si fuera marihuana; nace el nene bobo que con su baba, sus mocos y su gran cabeza llena de agua, se le atravesó en el camino a él y a su flamante Ferrari, *justo a las 5 de la tarde de aquel azaroso miércoles; nace el líquido abrazo de esos pobres cadáveres bajo la lluvia; nace la cifra cabalística compuesta por los invertidos 6 y 9 en la puerta de su celda; nace el silencio colgado de una telaraña y, mientras las azuladas volutas que escapan del cigarrillo escriben sobre su cabeza el nombre más tierno y conmovedor, también nace la realidad aplastando con su martillo de luz el ciego monopolio del deseo. Él, con la cabeza echada hacia atrás y los ojos cerrados, entonces musita un anémico "pobre infeliz".*

61

El laberinto del jardín, volcado sobre sí mismo, extendía sus dominios hasta los helechos del parque.

62

Me aconsejó que no perdiera la esperanza, que intentara con vinagre o agua con sal.

63

Sus intestinos comienzan a tapizar la escalera con un confeti rosado.

64

Hundido en la cama, sigue todos sus movimientos devotamente.

65

Me siento como si fuera una ameba a la que encima le dejan caer una, dos, tres gotas de ácido clorhídrico para luego observar las bondades que éste obra en su elemental existencia.

66

Un sabor a mármol le deshace la boca.

.

67

También rechazó unos caramelos de cristal que olían a rosas

68

El cuarto verde palpitaba como un enorme corazón cuando el castillo de naipes se vino abajo.

69

Las trinitarias serpean subrepticiamente hasta adueñarse del balcón como en un obstinado empeño por amortiguar esa alegre y espesa respiración alimentada por el chorro amarillo que fluye desde el otro lado del parque.

70

Ella se desvistió con una hostigante lentitud capaz de impacientar a un perezoso de tres dedos.

71

Una gota de sangre acaba de caer a la derecha de la jaula de los canarios.

72

Saboreaba el placer de dejarse arrastrar blandamente hacia abajo por la lectura, cuando sintió el electrizante zarpazo que le activó esa zona del alma donde dice con letras rojas PELIGRO, y la imperiosa necesidad de sacar la cabeza fuera del agua para respirar, se apoderó de él.

73

Yo tengo a un esteta hospedado en el hemisferio derecho de mi cerebro y a un desalmado vagando en las sombras del izquierdo.

74

—Actualmente está de moda presentar a los personajes de famosas series en versiones de cuando eran jóvenes y hasta niños.

—Claro. Ahí tenemos la película que nos muestra a un Sherlock Holmes joven...

—Y las series de los *Muppets* y *Los Picapiedras* niños.... Pero, ¿y si invirtiéramos la fórmula?

—No te entiendo.

—Pues una versión que nos presente a los héroes ya viejos.

—La idea es estupenda, pero no olvides que en occidente se glorifica la vitalidad que transpira la juventud. En cambio, la vejez no es vista con buenos ojos... Me parece que la única que ha burlado el cerco es la viejita simpática del anuncio de Kentucky Fried Chicken.

—¿Qué te parece una película que nos presente una batalla entre Batman, el Pingüino y el Guasón ya viejos?

—No logro visualizar a Val Kilmer de viejo como un Batman decrépito...

—¡Ah, pero yo te tengo a los actores ideales para encarnar a la anciana pareja de archivillanos!

—¿Quiénes?

—Nada más y nada menos que Eddie Miró como el Guasón y Edwin "El Amolao" Rivera Sierra como el Pingüino.

—Qué cruel eres...

—. . .

—Y ya que mencionas al Guasón, ¿sabías que quien lo encarnaba en la teleserie, César Romero, fue nieto de José Martí?

—Como bien diría Robin: "¡Cáspita! ¡Recórcholis! ¡Santa cachucha, Batman!" Jamás pude haberlo imaginado.

75

Con los ojos, los dedos y la boca cosidos de música, ceremoniosamente desnuca, uno a uno, todos los capullos hasta cubrir de pétalos rojos la sábana blanca.

76

Me dijo que desnudo, le recordaba el *David* de Miguel Ángel. (Jamás mujer alguna me había dicho un piropo de tal magnitud.)

77

El silencio se pudre bajo la lluvia.

78

¿Por qué habrá rechazado el collar de esmeraldas?

79

Le susurraba al oído milagrosas obscenidades.

80

Yo, el otro, el usurpado. Reo condenado a ser el alias de una criatura de ficción.

81

En cualquier momento llegará vestida de verde, me dará su mano y, con los labios recién pintados, dirá: "Buenas tardes. Sólo tengo 15 minutos, pero tal vez pueda quedarme 3 horas..." Entonces, dejaré a un lado este libro extraño y ahogaré mi ansiedad en el verde licor de su mirada.

82

Su rostro seráfico es un mapa de desaliento.

83

Hablamos de literatura, de cine, de pintura, de horticultura y, por supuesto, de música. Es una mujer culta. Quiero decir, no ignora la existencia de Galeano, Capote, Satie, Vittorio de Sica, Monet, de las delicadas *vandas* y sus vistosos híbridos... Le gusta conversar y de vez en cuando, con fingida dejadez, intercalar lugares comunes sobre Ingrid Bergman y Bogey, sobre Oscar Wilde, Malcolm Lowry o Chopin... Tenemos muchas debilidades afines. (Quizá demasiadas.) Pero a ella, sobre todo, le fascina el cine. Creo que su exaltada imaginación estimula el deseo de emular, más que a su padre, a su ex marido, y convertirse en otra estrella cinematográfica.

84

Se sumerge en las cálidas aguas del relato sin siquiera sospechar la despiadada casualidad que le acecha tras el muro de tinta y papel.

85

Expuso interesantes detalles sobre la filmación de *Mediterráneo*, *Belle Epoque*, *Blue Velvet*, *9 ½ semanas*, *Santa Sangre*, *Blade Runner*, *Once Upon a Time in America*, *Blood Simple*, *Cinema Paradiso*, *Novecento*, *Antonia's Line*, *Seven* y otras más... Que si prefería a Giancarlo Giannini en comedias, que si Kevin Kline estuvo divertidísimo en *A Fish Call Wanda.* Que si Robert De Niro (su actor favorito) es tan bueno o mejor que Jack Nicholson (el mío), que si la violencia de Jodorowsky en *El Topo*, que si el love-story de Irina y Arkasha en *Gorky Park*, que si Jack Lemmon en *Save the Tiger*, que si Klaus Kinski, que si Valerie Perrine en *Matadero 5*, que si Charlton Heston gritando "Soylent Green is people!", que si Jessica Lange acorralada entre su amor filial y su profundo sentido ético en *Music Box*, que si Ellen Barkin estuvo maravillosa en su papel de hombre atrapado dentro del cuerpo de una mujer en *Switch*, que si Glenn Close y Jeff Bridges en *Jagged Edge*... Que si quien invente una fibra sintética que tenga la resistencia de la telaraña, de seguro será fuerte candidato a un Nobel... Que si sueña con alguna vez escuchar la música de Paul Bowles.

Pero, finalmente, acabó confesando, con la sencilla torpeza del novicio, estudiar a Sade a plena luz y escuchar a Mussorgsky en la oscuridad. ¡Uufff!

Y después de observar mi colección de nacimientos en miniatura, enfatizó un extraño afán en mostrarme su colección de mariposas.

86

Abandona la lectura y deja sobre la mesa a ese otro que lleva su propio rostro por máscara.

Alguien está tocando el timbre.

87

—Me gusta Mickey Rourke. Antenoche lo vimos en *Johnny Handsome.* Mi ex y yo coincidimos en que la idea es buena, pero no el guión. Eso sí, estoy loca por ver *Dead Again* de Kenneth Branagh. La crítica dice que es estupenda y el tema me intriga.

88

La ciudad parecía una tarjeta postal.

89

—"Ah, tú más dura que el mármol a mis quejas... hazme saber dónde apacientas, dónde sesteas al mediodía."

—Mmm... Veamos que tal anda mi memoria... "Mi amado es para mí un manojito de mirra que reposa entre mis pechos... Yo soy la rosa de Sarón y el lirio de los valles..."

—Estupendo.

—Más que estupendo, hermoso.

—"Yo te quiero más allá de la eternidad, con un amor más ardiente que el fuego. Lo demás es humo y palabras. Sólo eso, humo y palabras."

—Después de todo, ¿quién le teme a Charles Manson?

90

El Sol se sabe vencido. Al fin hunde sus mástiles, su cuello cortado y sus paños de aceite en la arena.

91

—¿Qué dices?

—No, nada. Recordaba a mi padre. "Quién le teme a Charles Manson" es el título de un guión que prepara hace años. Confía en que será su obra maestra.

—Entiendo.

—Oye, ¿no te han dicho que tienes un gran parecido con Paul Newman?

—¿Yo... Paul Newman? No. Nunca.

—Aunque tu quijada me recuerda más bien a Michael Douglas —añade, echándole los brazos alrededor del cuello y besándole detrás del lóbulo de la oreja.

92

En la mesa de noche, junto a la jarra con azucenas, descansan el libro y el frasco lleno de alas.

93

Cuando ella menciona su Ferrari, a él se le traspapela el presente, pero, en forma espontánea, su siquis comienza a operar un arcano mecanismo de autoconservación: rewind, rewind, rewind, hasta que, stop & play, llega, nervioso como las cucarachas, a la lejana imagen de aquel nene bobo y su gran cabeza llena de agua que habían sido atropellados ante sus ojos por el flamante Ferrari rojo propiedad del hijo de un renombrado cineasta. Sólo que él había decidido guardar silencio, no inmiscuirse y allá Marta con sus pollos... Entonces, fastforward, fastforward, fastforward, stop & (ya de vuelta) play it again, Sam: musita un anémico "pobre infeliz".

94

Absorto en la luz verde de los helechos, recordaba a la "sagrada familia" recalcándole siempre su triste vocación de oveja negra.

95

Con tembloroso estímulo, invoca a Demócrito de Abdera, quien se había arrancado los ojos para pensar. Pero la antigua costumbre de los hunos de quemarles los ojos a los ruiseñores enjaulados que sólo cantaban de noche, le anegaba de anzuelos y sangre la mejilla.

96

"Ariadna, yo soy tu laberinto."

97

Elusiva como el mercurio.

98

Quizá le repugnan las serpientes. Pero no importa, ¡es bellísimo!

99

Corroboró así que el parecido entre Laura Antonelli y esta misteriosa mujer ahora poseída por el silencio, iba mucho más allá de su sonrisa inteligente, pero acababa en sus irresistibles ojos más verdes que los cedros del Líbano.

100

—¿Mi padre? Mi padre olvida muy a menudo que soy su hija.

101

Desde el fondo de la copa vacía, donde yace desnucada, aún humea la colilla marcada con lápiz labial.

102

La casa estaba sometida al influjo de aquel olor pastoso y verde. Irrevocable.

103

Huye, igual que huye la leche en la ubre de una vaca asustada.

104

Las palomas que tanto veneran las estatuas, hundían sus picos en el jardín. (La imagen de *Las segadoras* de Millet le saboteó el pensamiento.)

105

El crujido de la piel de una manzana bajo la caliente espada de sus dientes interrumpe las exigencias del rito.

106

Una hilera de hormigas (ahora azules) sube por una de las patas de la mesa.

107

Como las palmeras, los estilos arquitectónicos, las marcas de automóviles y algunos pájaros, también ella fue traída aquí por los grandes y secretos misterios del azar.

108

Era como encender un fósforo en el mismo epicentro de una refinería.

109

Permanece lejos de él, inmóvil, observando con una compasión esclarecida la foto de Kafka.

110

El confinado de la celda número 69 contempla el reflejo de un cuerpo de agua junto al parque de los robles amarillos. (En ellos colibrea la primavera.) Un enjambre de mariposas revolotea sobre su cabeza describiendo círculos y ochos una y otra vez.

111

Ella mencionó, con aire grave, que había olvidado tomarse una Prozac. Él pareció restarle importancia a su comentario; disfrutó otro sorbo de licor y recordó la ternura genital de las fresas y el mar (hacía meses que no lo veía) a las 6 de la tarde.

112

Tiene los dientes de oro y la espalda tatuada con una inscripción: PERDÓNAME, MADRE.

113

Las uñas violetas de su desnuda mano relucían de un modo inusual.

114

La temperatura es ideal para sembrar orquídeas. (Las orquídeas son mis flores favoritas.)

115

También hablamos de lo que nos incomoda hasta la intolerancia. Ella comenzó: el provincianismo; luego yo, los extremos de la limpieza: la asquerosa y gratuita ausencia de ésta tanto como la compulsividad enfermiza de limpiar que padecían Joan Crawford y mi ex; ella, los oropeles de la opulencia; yo, la gente que pone su música a decibeles estratosféricos y nos atropellan los tímpanos; ella, la frivolidad y las falsas apariencias; yo, el opio de los fanatismos, particularmente el religioso y el político (2 caras de una misma deidad); ella, la institucionalización de la marginalidad; yo, la gente que teniendo techo de cristal, insiste en tirarle piedras al techo ajeno; ella, los protocolos de "cartón mojao", la formalidad y sus camisas de fuerza; yo, la chabacanería; ella, el oportunismo; yo, la falta de autenticidad; ella, los sufre-calenturas-ajenas; yo, la retórica hueca; ella, la mediocridad molusca y las justificaciones de ésta; yo, el servilismo; ella, los que sin consultar al dueño, prestan lo que antes a ellos les fue prestado; yo, los que asumen su vagancia con placidez y donaire principesco; ella, la gente sin criterios propios; yo, los que se reúnen para hablar de enfermedades y lo hacen con morboso placer; ella, la indolencia de ciertos profesionales de la salud; yo, la gente que se va "Pallá-fuera" y a su regreso no paran de hablar ese horroroso híbrido, convirtiendo nuestro vernáculo en un repudiable Frankenstein; ella, la gente empeñada en hacernos creer que a tan corta edad, sus hijos ya son unos prodigios de la naturaleza; yo, los que se empeñan en vivir como reyes sin tener ni presupuesto ni categoría y que sólo viven para hablar de sus logros y bienes materiales, y así sucesivamente.

116

Unos pasos sonaban en el sombrío caracol de la escalera.

117

Viéndola así, sentada con las piernas cruzadas y fumando desnuda, fue ya imposible no recordar a Sylvia Rexach.

118

Como el cansancio sin arte es penitencia, ligero de manos y cintura, acaricia ardorosamente la entrepierna de su pantalón fantaseando con una muy explosiva vedette, cuando, zap, en forma prematura (para escándalo de puristas y ortodoxos), eyacula un interminable rosario de rosas en miniatura. Miles.

Rosas, rosas y más rosas. Un verdadero diluvio. Rosas rojas. Obscenamente rojas. Rojas rosas. Rosas rojas. Rosas. Miles y miles.

(El sofocante aleteo cesa.)

Sólo entonces, con sumo disimulo, sudaba música al atardecer.

119

—No, no me gusta. A lo mejor todo esto te resultará ridículo, pero es así. Detesto esa música.

—Lo siento... Oye, ¿qué será de la vida de María Schneider?

—No tengo la más mínima idea. ¿Por qué lo preguntas?

—Tus senos.

—¿Qué tienen?

—María también los tenía bonitos.

120

Elude sus penetrantes ojos verdes y entusiasmado le confiesa que duerme desnudo bajo un cuadro de Chagall. Desnudo y abrazado a su viejo oso de felpa.

121

Sobre una pequeña mesa en donde también pueden verse dos copas de cristal con un licor morado (la de la izquierda, a medio consumir), la planta carnívora acaba de atrapar una mosca.

122

—Su pintura es alegre, mística, vigorosa, relajante. Sencillamente me encanta.

—Él prefirió, en vez de pintar los retratos oficiales de Marx y Lenin, llenar sus cuadros con vacas voladoras, pájaros de fuego y violinistas sobre el tejado.

—Me has hecho recordar que en 1937 los nazis destruyeron varias piezas pintadas por Van Gogh.

—Y para colmo, al propio Führer le gustaba dizque pintar.

—Gajes del oficio, preciosa. Gajes del oficio.

123

Eran, sin saberlo aún, sobrevivientes de un mismo naufragio.

124

Sonrojándose, le pide una foto suya. (Siente que la sangre se le embotella en el sexo. Siente cómo le cabalga el espinazo, cómo le palpita en las yemas de los dedos esa marea lujuriosa, ese irresistible deseo de, más que hundirle, enterrarle en la masa encefálica las bolas de tan apetitosos ojos, para luego colocarle un hermoso loto blanco en cada cuenca vacía.)

125

—Mmmmm, qué dulce es el olor de la noche.

126

Ella, después de buscar en su bolso, con una sonrisa tímida y amable, le complace.

127

¡Aaahh, la ilusión de la moralidad!

128

La saliva se les vuelve puente de placer.

129

Apenas comenzaba el amordazado duelo entre el encantador de serpientes y la cobra hipnotizada.

130

Convencido de que su licenciosa conducta era una especie de liberación de la rutina cotidiana, del tedio que lleva al bostezo, pensó que fuera de ellos y de su cuarto verde, el mundo carecía de sentido.

131

Mientras pasa la vista por las líneas del relato, un cielo gris y seco se desploma a través del amplio ventanal.

132

Desde su jaula, acurrucados como si fueran uno solo, Mozart y Brahms, viendo gotear la sangre.

133

En su rostro había una expresión soñadora. Radiante. Murmuró algo y luego, con un gesto de rechazo, movió su delgada mano de venas azules.

134

Del otro lado del parque llueve a gritos, y en algún momento oportuno durante las calistenias que preceden la suculenta cabalgata, el aire se impregnará de un agradable olor a mangó; entonces ella, con los hombros claveteados de placer, entornará los ojos locos y recordando alguna bella escena de *Ice Runner*, se abrirá como un altar y buscará la tableta redonda y blanca que él, a la menor provocación, hundirá por su ahora más que nunca húmedo cáliz rosado, para luego detenerse a escuchar el espumoso siseo de la serpiente disolviéndosele entre los lechosos muslos, cuando, splash, el fogoso triciclo de amor que deviene en regia e implacable puñalada de carne no se hace esperar.

("Alka-Seltzer, el brindis de las buenas noches para los buenos días. Téngalo usted muy presente.")

135

Continuaba contemplándola, como un poseso lleno de cepos y trampas.

136

Es una sensación sofocante. Perturbadora. Casi insoportable.

137

Dentro de un par de días, a primera hora, la vieja sirvienta vendrá a oficiar sus labores acostumbradas. Sólo que esta vez tropezará con un anestesiante aroma a azucenas podridas; con los cuerpos ya sin vida de las mariposas que ahora alfombran el ajedrez del linóleo.

138

Desde el cómodo y verde sofá lo ve abrir una lata de salchichas.

—¿Tú te tomas eso?

—Lo mejor que tiene una lata de salchichas es justo 'eso': el meaíto de sapo.

—Y para colmo, le llamas de ese modo...

139

Sobre el blando cuero del asiento descansa tu sexo y yo imagino que de mi bragueta sale otra vez esa interminable y robusta boa de carne rosada y que la muy esquiva se arrastra por debajo de la mesa buscando insaciablemente la húmeda garganta de tus muslos.

140

Se ha puesto una elegante bata verde con dragones bordados en oro:

—Aquí está tu dragón.

141

Mi odio crece como uno de esos robles amarillos en medio de la noche.

142

Le parecía terriblemente insólito descubrir, a medida que avanzaba a través del denso follaje de las palabras, cómo ese personaje literario iba adquiriendo carne propia hasta convertirlo a él en un simple espejo de tinta y papel.

143

—Mi hermano es un infeliz, un desgraciado pudriéndose en una jaula donde no cabe su excitante 'mujer' deportiva y descapotable.

144

Sobre la mesa palpitan unos hermosos ojos azules junto a un par de guantes blancos manchados de rojo, una foto y la insomne y dura hoja de metal todavía caliente.

145

Yo, aficionado constructor de laberintos en miniatura. Yo, coleccionista de nacimientos, también en miniatura; apasionado melómano, ex proyeccionista en un cine de segunda y ex vendedor de seguros.

146

Todo fue tan rápido y silencioso, que las imágenes comenzaron a fluir en cámara lenta.

147

Se trata de un fotograma de la película *Un perro andaluz*. En éste figura una mano empuñando la navaja de afeitar con la que, de un solo tajo, le rasga horizontalmente el ojo izquierdo a esa mujer que nos mira mirarla.

Este fotograma colocado estratégicamente entre los ojos azules, los guantes y el cuchillo ensangrentados, de seguro resultará ser una especie de acertijo macabro, una clave muy personal capaz de despertar el interés del investigador más imperturbable, del más avezado cronista policial.

148

Un ramalazo de semen le sesga ferozmente la mejilla derecha.

149

Cortázar, Hitchcock y Sherlock Holmes se habrían chupado los dedos con esta historia (también Tomás de Jesús Mangual, ¿verdad, querido Watson?).

150

Ya no le sirve de nada gritar o quedar mudo.

151

—Mi matrimonio fue muy peculiar, con largas separaciones y numerosas terceras personas. Ya sabes: *Hollywood style*. ¿Y el tuyo?

—¿El mío? Un rotundo fracaso. Ella no soportó y se fue... Decía que yo le dedicaba demasiado tiempo a todo y muy poco a ella. Así que, un día desapareció y jamás volvió. Quizá tuvo razón... Desde entonces, el café y las navajas me duran más.

—El crédito del karma es así: compra ahora, paga por siempre.

—Eso me recuerda que en una de sus películas, tu admirado Almodóvar dice que el matrimonio es necesario porque sin él, no existirían los trajes de novia.

—Vaya, qué humor.

152

La lluvia empezaba a acribillar las ventanas que dan al balcón y al parque.

153

Veo el mundo como si lo estuviera viendo a través de cristales cubiertos de grasa y hollín.

154

Por sus venas corre desbocada esa fruta de fiebre en huelga.

155

Y unos dedos acariciándome sedosamente la garganta.

156

Fuma con los ojos cerrados. Persigue una vez más ese inalcanzable nirvana que tanto la tortura y huye de ella como una película que no termina.

157

De la boca entreabierta y mordisqueada por la luz, le caía un hilo de saliva y sangre. De sangre y saliva.

158

Se acerca un lento taconeo preludiando las poderosas y largas piernas color de luna. Dejo el libro sobre la mesa, al lado de la jarra de azucenas, el cuchillo y la manzana. Mientras juego con la manzana, recuerdo el relato. (Me pregunto por qué me gusta tanto el verde.) Vuelvo a colocarla en su lugar. Siento una nostalgia antigua. (Qué raro.) Será porque es ácido. (Acaricio la hoja del cuchillo.) Violento.

159

Le pareció que alguien lo estaba estrangulando.

160

Camina hacia el tocadiscos para protegerlo del agua (está muy cerca de la puerta que da al balcón), dispuesto a conseguir la complicidad de una música apropiada. Es lo único que falta.

161

Su cálida y puntiaguda lengua le exploraba con delicia febril esa cruel herida que jamás cicatriza.

162

Son esos labios tan duros como dulces.

163

Deslizando la aterciopelada mirada por toda la habitación; reparando en cada detalle, desde el chal floreado y la silueta del gato negro a los pies de la joven desnuda, pasando luego por un violín con uvas, por la enorme bicicleta roja, por el león que olfatea a una mujer dormida a la intemperie; tropezando con la también desnuda mujer bajando la escalera, con una selva de nalgas, senos y demás frutas, hasta enredarse en los clavos de aire que sostienen del madero a ese Cristo sin rostro flotando sobre las aguas. Todo para al fin descubrir la impresionante pared cubierta con fotos de hermosas mujeres de ojos verdes.

164

—¡Sí que hace tiempo que no vas al cine!

—Ahora prefiero comprarlas o alquilarlas y verlas aquí. A solas. Así me evito, entre otras cosas, el escándalo de la muchachería que va al cine a todo menos a ver la película, y el cronch-cronch de los comedores de palomitas de maíz.

—Aún pienso que ir de noche al cine tiene cierta magia... Además, el cine sigue siendo el mejor lugar para cogerse las manos.

165

Ya verás cómo te quito esa máscara de hielo.

166

Igual que la araña, teje su estrategia sin aspavientos en torno a la desafortunada víctima de turno. Una vez la logra cautivar, la acicala para luego pincharla con alfileres contra el ominoso muro cubierto de corcho verde.

167

—Éste es un Gorky.

—Exacto. *Jardín en Solchi.*

—Y este otro también.

—*La hoja de alcachofa es un búho.*

—Sugestivo título, ¿no?

—Era algo muy característico de él. ¿Sabías que, en ruso, gorky significa "el amargado"?

—Desconocía ese detalle. Pero no que Gorky tuvo una vida trágica. Después de su forzado exilio cuando apenas contaba 15 años, no hizo sino salir de Guatemala para meterse en guatepeor: primero, un incendio destruyó 35 de sus más logradas obras; luego, un nada cariñoso cáncer se hospeda en su cuerpo, se fractura el cuello y pierde el uso del brazo derecho en un accidente automovilístico

—...y, finalmente, se suicida.

—Verdaderamente tuvo una vida desgraciada. Igual que

—Quel divino Vincent.

—¡Cómo es que siempre pareces saber lo que estoy por decir!

—Intuición, cariño. ¡Pura intuición femenina!... ¿Te sirvo otra copa?

—Si no es molestia, preferiría que me trajeras un whisky en las rocas. Los tipos duros tomamos whisky.

—Whisky en las rocas. Cómo no.

168

Vuela enloquecida por el denso olor.

169

A ver, a ver. Dijo que detesta... Lástima, ella se lo pierde. Braulio, Roberto Carlos. No, demasiado obvios. José José, menos. Tras de empalagoso, llorón. "La cucaracha, la cucaracha, ya no puede caminar, porque le falta, porque no tiene, marihuana pa fumar..." ¡Caramba, qué rayos usaré! "Mi gato se está quejando porque no puede vacilar, mi gato..." ¡Aquí está! Tárarararira-tarararira-tárarararari... Qué enzorroso programa con Fidel Cabrera avivándole los suspiros a todo un club de casi 'jamones'. De esa época es también el "soy de un país tropical donde habitan el mar y el Sol y una chica llamada Ivonne Coll".

170

El cielo es de plomo.

171

Antes de cerrar la puerta, miro el parque y, más allá, la penitenciaría. Ya pronto oscurecerá. En esta época del año oscurece temprano y las noches son casi eternas.

Me percato de que los canarios tiritan de frío. Los cubro. (Por nada en el mundo dejaría que se resfriaran.) Y vienes tú, con esos ojazos verdes que son mi perdición y me tiendes tu mano enguantada ofreciéndome otro whisky en las rocas.

172

Sobre las tejas, poco a poco, subía la tan deseada Luna llena.

173

Mientras habla, mira al suelo, o a la copa, o al cigarrillo; lo que sea, menos la cara de quien escucha.

174

Le envidié esa inmensa paz verde; el alboroto de su risa fría y cristalina.

175

Minutos antes, ella acababa de interpretar, con un reverberante y carismático culipandeo capaz de enloquecer al más complejo sismógrafo, "Tú eres caramelo y chocolate".

176

Escucho un revoloteo extraño.

177

Sentía que alguien le arrojaba un puñado de aserrín a los ojos y luego lo besaba hasta saberse de memoria el peso de su cuerpo. (El beso resultó tan ardiente que, con la parte de atrás de los ojos, logró ver el famoso beso de Vivien Leigh y Clark Gable en *Lo que el viento se llevó*.)

178

—Cuando aplicas algún corte para separar un hijito, le untas canela en polvo justo en la herida.

—Y contra los hongos, ¿qué uso?

—Mezclas bicarbonato de soda con aceite de oliva Betis y le aplicas a la parte afectada.

—Y para que florezcan, ¿qué recomiendas?

—Si supieras que tengo una tía que todavía va más lejos...

—¿Qué les echa?

—Además de cascarones de huevo, pastillas anticonceptivas.

—¿Pastillas anticonceptivas?

—¡Y si vieras cómo florecen!

179

De buena gana le vendería mi alma al diablo por un televisor a colores.

180

Para él, la Luna llena era mucho más que una bombilla silente, ocasional y, sobre todo, gratuita.

181

—En un libro que vi ayer en una gigantesca librería recién inaugurada en Plaza las Américas, dan un consejo que me parece estupendo y que pienso poner en práctica.

—Avanza y dímelo cantando...

—Aconsejan cortar en trozos una manzana y luego, cuando esté cayendo la tarde, colocarlos alrededor de las orquídeas. Al otro día, te levantas, vas y recoges los trozos de manzana que de seguro, por su olor, habrán atraído a los caracoles y babosas que estropean tus amadas orquídeas.

—Ya sé el final de la película.

—¿Ajá?

—Busco un recipiente de plástico vacío, lo lleno con Clorox y, ¡chacha-cha-chan!, le regalo a los bichos malditos un rico chapuzón en la improvisada piscinita... ¡Bua-ja-ja-ja-ja-ja!

—¡Sí que eres todo un malvadito!

182

Vuelve a entrar, mira con cierto recelo el ajedrez del linóleo. (Recuerda a Mickey Rourke, alias Harry Angel, el detective alectorofóbico, borrando sus huellas del picaporte y el pasamanos que conduce al apartamento del difunto Dr. Fowler.) Recoge la foto suya que hubiera resultado comprometedora, la mastica y se la traga. Luego desviste la jaula de Mozart y Brahms. Por último, recoge el libro con el trébol de hojas pares, acaricia las letras en relieve y lo guarda en su bolso:

—*LOS MEJORES PLACERES SUELEN SER VERDES*. Mmm, con tan sugestivo título (y mejor recuerdo) no podría ser otra cosa que un texto para ser leído frente a un cuadro erótico de Egon Schiele. El que preside mi altar personal.

Ya en la puerta, con una frivolidad subyugante propia de Marlene Dietrich, observa los canarios. Los ajados pétalos que todavía cubren la cama. También el hermoso par de ojos azules que parecen aún estarla mirando, y sale, no sin antes exclamar:

—¿Quién dice que ya no existen grandes romances? Pero ni tú eres Marlon Brando, ni yo soy María Schneider.

183

Alcé mi mano y toqué su fría mejilla mientras escuchaba la dulce voz murmurando el "Perdóname, por un momento pensé que te amaba".

184

En la penitenciaría, un recluso se masturba mirando en el televisor a la despampanante y espectaculísima Iris Chacón interpretar "El manisero".

185

La moral es una bola de billar.

186

Pensó que había sido una estupenda idea sustituir el agua de las azucenas por la sangre caliente que manaba a chorros por la otra boca que con la rencorosa hoja del cuchillo le acababa de dibujar en el cuello.

187

—Y esto que guardas debajo de un par de obras aún sin montar, ¿qué se supone que es?

—¿Debajo de Walter Torres y Juanito Álvarez O'Neill...? Debe ser mi colección de *Novelas de misterio que escribió la realidad.*

—¿Las que aparecían en el suplemento sabatino del desaparecido periódico *El Mundo*?

—Las mismas. Son de la época en que a Adán se le cayó el ombligo y el arcoíris era en blanco y negro.

—Tú y tus salidas...

188

Recordó el último grito interrumpido por el filo del metal.

189

Bailábamos al compás de *Strangers in the Night*, cuando el inoportuno zumbido invadió el cuarto. La maldita, ajena a la presencia de la *Dionoea muscipola*, fue y se posó al borde de mi copa. Después (¡tan asquerosa!), se acariciaba las patas delanteras igual que un inescrupuloso prestamista.

190

Todo pasa suavemente. Como se corta un huevo con un cabello.

191

Por ratos, cuando habla, suele ocultarse la barbilla con la mano, como queriendo tragarse las palabras en lugar de decirlas.

192

—¿Y este unicornio? ¿Alguna relación con Tennessee Williams?

—Ninguna... Ese unicornio me lo regaló una joven que confesaba que le hubiese encantado ser amante del Che Guevara... Ella pensaba que yo era el unicornio azul que se le había perdido a Silvio

Rodríguez y que un día se apareció pastando en su vida. Todo para luego volver a desaparecer... Se llamaba Beverly.

—¿La chica o el unicornio?

—La chica se llamaba Beverly y le atraía mi costumbre de siempre calzar medias blancas.

—¡Sí que era rara!

—Ella era especial. Sólo eso, especial.

—Ya lo creo...

—Hace un año nos reencontramos en la librería La Tertulia.

—¿Estaba sola o acompañada?

—Acompañada.

—¿Y?

—En pleno rigor de cortesía, me dijo: "Te presento a con quien me casé".

—¿No hubiera sido más fácil decir: "Te presento a mi esposo"?

—Claro. Pero detrás de tal enunciación se ocultaba, con mal disimulada ansiedad, un gran sinsabor.

—A lo mejor estaba insatisfecha con su matrimonio...

—Mucho de eso debían contener sus palabras, pero también algo de irritante remordimiento.

—En la vida no se puede tener todo, querido.

—Volviendo al unicornio, ¿quieres saber por qué un día se fue?

—Dime.

—Pues, porque se cansó de tener que quitarle las espinas a las rosas que comía en su jardín.

—Graciosito.

193

La nube de pétalos negros zumba alrededor de las vacías cuencas, pero no consigue espantarle la impúdica sonrisa de los ahora violáceos labios.

194

Siento que mis dedos se cubren de sangre.

195

Un misterioso collar de esmeraldas parece querer asfixiar en un cariñoso abrazo animal la fotografía de Franz Kafka. (O quizá se trata de una impasible vigilia para salvaguardar tan valioso talismán.) Y mientras aquél, desde la foto, nos mira con ojos de pájaro atolondrado, por debajo del último anillo de escamas, algo se repliega.

196

Una vez cerrada la puerta, junta los párpados y sonríe. Anticipa verse tumbada en una butaca tomando un baño de sol en la playa de arenas blancas. En su mano derecha sostiene un whisky sour. Usa pamela y gafas oscuras. Observa a los lugareños de la isla discurrir a su alrededor. Se lleva la copa a los labios. Escucha que hablan una lengua incomprensible para ella. No le tomará por sorpresa confirmar que tienen costumbres que también desconoce.

197

Es como si quisiera hablar con la boca llena de peces de colores.

198

En la oscuridad cierro los ojos para escucharte orinar... Adivino el filo de una sonrisa color carne de sandía rompiéndole las costuras al buche de la noche y es como si una lluvia de galletas de soda se precipitara sobre las cabinas telefónicas... El dulce aroma de las azucenas se apaga... Un caracol se desliza con obstinada candidez por el filo de una navaja al compás de *El paseo de las Valquirias*... Los muebles de madera que hasta hace un instante florecían al roce de mis dedos, ahora sólo pastan en silencio sobre la alfombra verde. Y las vacas, las vacas mastican chicle y hacen bombas que, cuando revientan, dicen plop. Aaaaahhh, pero yo no quiero tu alma, lo que deseo es tu cuerpo... Con un abanico de libélulas te apresuras a cubrir el perfil de la Luna sobre tu pubis... Un barquito de papel se ahoga en el interior de una botella de Johnnie Walker. Escucho cómo Mariposa, el buey, dice mu. El olor de la lluvia siembra margaritas en mis huesos silvestres; dulces oboes y flautas encantadas en lo más azul de mis pulmones... Tu sexo es como ciertas flores que, con la luz del Sol o la presencia de la Luna, se abren o se cierran. Mmmmm, las toronjas saben a caviar... Nos reiremos hasta que las arañas se estrangulen en sus propias redes. ¿Escuchas, acaso, el insolente tintineo del tenedor batiendo los huevos? Después de su tibio y salado tigre de hierba, todo me es indiferente... Me veo estacionado frente a la gran taza blanca. Noto que abro la bragueta de mi pantalón y en la mano izquierda sostengo el ensangrentado capullo de una rosa. De inmediato, éste se convierte en el bacalao que olvidó el marino de la Emulsión de Scott y luego en una hermosa mariposa derramándose en una interminable lluvia de polen... La espantosa carcajada del múcaro en lo alto del bucayo me recuerda a la Medusa, el incendio de su cabellera y cómo ésta trató de sacarme los ojos con sus naipes de carne... El ángel de la bicicleta roja me dice que sólo quiere mirarse en mis ojos cuando yo muera... Los insectos copulan bajo las húmedas hojas y las frutas sucumben al reclamo de la gravedad, mientras a tus grandes y hermosos ojos le siguen aún naciendo frías esmeraldas... Un guante conserva la forma de la mano que estuvo en él. Los coágulos parecerán cerezas en almíbar de malvaviscos... Las horas crecen a la derecha del reloj eclipsándome los ojos de hormigas, migajas y aserrín... Mis sueños, mis sueños sólo son una bandada de murciélagos que en el silencio de la noche se desgajan vertiginosamente del centenario almendro que guarda mi más alta ventana... La planta carnívora se ha convertido en una enorme hidra cuyos múltiples tentáculos terminan en amenazantes y hambrientas vulvas... Mis libros duermen bajo las almohadas y Dios ya no tiene la voz de Lorne Green, sino la de Po, Po-po, Po-po-por, Porky... A pesar de que un puñado de pétalos negros zumba alrededor de mi garganta, en el tocadiscos suena la bellísima *An Evening in the Village*, de Bartók... Ahora soy un vistoso *goldfish* navegando en la tibia placenta de mi madre... El ángel de la bicicleta regresa. Esta vez me lanza a los ojos una nube de confeti y, segundos antes de emprender veloz la fuga, me susurra al oído unas palabras más dulces que los casquitos de guayaba: "Si tus labios logran pronunciar las 19 letras de mi nombre, verás cómo baila el Sol sobre una taza de café..." De pronto, descubres que tu muñeca de trapo recién comienza a menstruar... La noche está deliciosa y es como si ahora le tocara a Marat acechar impúdicamente el instante del baño de Charlotte Corday. Pero yo no tengo miedo, ¿verdad que no?

Barranquitas / Isabela, Puerto Rico
10 mayo 1984 - 15 julio 1999; 10 sept. 2000 - 25 mar. 2013

Otros títulos de mediaIsla editores

Andar de ciego

- *Pas de deux*
  Ramón Tejada Holguín
- *Extraño barco de papel*
  Pilar Romano
- *La Señorita Supermán Revisited*
  Regina Swain
- *Carne cruda*
  José Carlos Nazario
- *UGDU y otros relatos*
  Rey Andújar
- *Ya no estaban las palomas*
  Eduardo Lantigua
- *Siempre odié los gatos*
  Elsa Batista

Azares y navíos

- *La llama insomne*
  Sally Rodríguez
- *Trece poemas a riesgo de caer*
  Irina Henríquez
- *Palabras para tirar del puente*
  Mari Cruz Agüera
- *Luz sobre la piedra*
  Manuel García Verdecia
- *El naranjal*
  Jerónimo Muñoz Palma
- *En nombre de sus nombres*
  Norma Segades-Mania

Luces y asombros

- *Seducir los sentidos*
  Jochy Herrera
- *El dolor ajeno y otros resabios*
  Manuel Arturo López
- *Glosas del escribano*
  Carlos X. Ardavín

Juegos con lagartos

- *Canciones rosa para una niña gris metal*
  René Rodríguez Soriano
- *El mal del tiempo*
  René Rodríguez Soriano
- *Rumor de pez*
  René Rodríguez Soriano

Las edades de Alicia

- *La verdadera historia de la mujer que era incapaz de amar*
  Ramón Tejada Holguín
- *Las palomas de la guerra*
  Juan Carlos Mieses
- *Tú siempre crees que viene una guagua*
  Miguel Ángel Fornerín
- *Te veré caer*
  Manuel García Cartagena
- *El día de La Cruz*
  Manuel García Verdecia
- *Beatriz*
  Rubén Sánchez Féliz

Esta edición de *Los mejores placeres suelen ser verdes* de **Edgardo Nieves-Mieles** está disponible desde los primeros días de enero 2014. Edición y cuidado de mediaisla editores, ltd kingwood, tx
mediaisla@gmail.com

www.ingramcontent.com/pod-product-compliance
Ingram Content Group UK Ltd.
Pitfield, Milton Keynes, MK11 3LW, UK
UKHW040557210726
13854UKWH00008B/1379

9 781304 604644